말하는 정원

어머니께 이 시집을 바칩니다

말하는 정원

정산청 시집

문학나무

| 시인의 말 |

맨몸 맨얼굴로

나는 나를 잘 모른다.

모르는 것 투성이의 세상을 나를 그리고 당신을 찬찬히 알아가고 싶어서 시를 쓰고 싶은 것이다.

첫 시집은 맨몸 맨얼굴이다.

"시인이 되라"고 하신 분이 계셨다. 그 말씀은 내 잠자던 의식을 일깨웠다. 나는 그 기운을 붙들고 시인이 되었다. 이제 어딘지 모를 시의 끝까지 쓰고 싶을 뿐이다.

2024년 겨울

정산청

차례

제2부

박재삼문학관

제3부

바람 장미

제4부

장자뜸

제5부

콩돌

제1부
아버지의 잔

이장移葬

어머니 장례식 날
아버지를 이장하게 된 건
어머니 유언 때문이었다

딸은 인부들 옆에서
기억을 거꾸로 돌리고 있었다

젊어서
젊어서
그날의 꽃상여는 온통 붉었다

젊은 아버지는
백발이 되어 오신 어머니를 맞이하려
자리를 털고 일어섰다

인부는
흙 한 삽을 떠서 무명천에 담는다

어데서 구절초 향이 날아왔다

너거 아부지가 이 꽃을 참 좋아했니라

아버지의 잔

아버지는 한 발 넘는 대꼬챙이를 매시고
여우가 나온다는 십리산 너머
사꼴 이모댁에 가셨다

산길에 비스듬히 물을 가둔 가매못은
달밤에도 새카매서
물귀신 숨은 숨결이었다

흥이 오른 아버지의 콧노래 들린다

십리 산 가매못가에 앉아 홀로 부른 노래
집에 끌고 오신 아버지
세상에 넘치는 막걸릿잔 두고
동그란 흙집을 짓고 가셨다

가훈

아버지의 필체로 쓴 가훈을
벽에 걸어두면 좋겠다고 생각한 적이 있었다

아버지는 가훈을 쓰지 않고
몸속에 넣고 사셨다

아버지 묘를 이장하던 날
당신은 끊임없이 수정한 가훈을
몸을 탈탈 털어 보여주셨다

귀울림

굼실 진외가에 가던 날
아버지는 멀미로 새하얘진 나를 앉히고
내 입술에 묻은 토사물을 닦아 주었다
처음 탄 완행열차의 기적소리는 얼마나 힘찼던지
그로부터 귀울림이 생겼다

아버지의 새 양복을 적신 멀미와 귀울림은
그 후에도 계속되었는데
내가 어느 정도 컸을 때 문득
멀미와 귀울림과 아버지가
나를 떠났다는 것을 알았다

비를 엄청 좋아하는 나에게
언제부턴가 빗소리 같은 귀울림이 새로 생겼다
그 소리는 진외가에 갔던 풍경을 데려다 놓았다
아버지의 손이 기억하는
내 입술의 토사물도

깨엿 한 덩이

늘 곁에 계실 줄 알았는데
어느 날 갑자기
마음 곁이 텅 비었네
손에는 엿 한 덩이 꼬옥 쥐고
찻길 건너다 사라진 아버지
그까짓 깨엿이 뭐라고
목숨과 바꾸었을까
일생 한으로 남았던 깨엿 한 덩이
내가 어른이 되어서야
부모의 자식 사랑을 겨우 아네.

아버지의 비

아버지가 내 몸에 엉겨 지워지지를 않네요

버리거라 아비는
하늘에 오른 지 오래잖니
그래도 마음 몸 그 흔적 지울 수 없네요

비 오는 날 마음 옷
몸 옷 젖도록 길 가거라

아비는 가끔 너에게 비로 내린다

꿈속 대화

오래된 사진틀에 갇혀 있는 것이 미안해서
눈길을 주면

그 누군가 낯익은 얼굴
젊은 아버지가 나를 알아보고
반갑게 걸음을 놓는다

예전에는 힘이 세셨는데
아버지도 늙으셨나 보다
여태 거기를 못 나오시다니

아버지도 꿈을 꾸시는 걸까
불러도
서로를 알아보지 못한다

못다 한 말들이
오래된 사진틀 앞을

서성거린다.

꿈에

성북동 내 집에 어머니가 다니러 오셨다
꿈속이었다

웬일인지 온몸에 흙탕을 묻히고 오신
어머니를 씻기고
빳빳이 풀 먹여 다려놓은 옷으로 갈아입혔다

씻겨드리는 것을 좋아했던 어머니
나에게 눈물 빚을 가장 많이 남기신 어머니
내 손길 내 눈물 그리워 오신 걸까
꿈에

어머니의 서릿발

초겨울 보리밭에 솟은 서릿발
속절없이
뽀독뽀독 밟았다

뭉개져도
밤새 제 몸을 일으켜
그 자리에 도로 돋는
얼음발

하늘을 머리에 이고
땅속 고인 눈물
흙으로 밀어서 올린다
어머니의 서릿발

어머니의 하늘

맑은 날
하늘 한 자락 걷어다가
물망울 무늬
한복 한 벌 짓고 싶다
몸이 얇은 어머니
세시놀이에
그 옷 입혀드리고 싶다
가랑가랑 풀어지는 어깨춤사위
베틀을 놓아
파란 물무늬 옷감을 짜는 하늘

실타래

어머니와 실을 감고 있습니다
내가 다른 생각에 빠지면 실은 바로 엉킵니다
어머니는 느슨하지도 팽팽하지도 않게 거리를 감습니다
시간을 감는 어머니의 실타래
영혼이 감겨있습니다

정월의 눈

밤새껏 내렸네
새벽이 오는 줄도 모르고
우리 엄마 좋아하시겠네
포근히 덮고 계시겠네
정월의 눈

엄마별

북두칠성이 반짝반짝 빛을 내고 있다

울 엄마가 가르쳐주었던 별

아이에게 나도 북두칠성을 가르쳐주었다

엄마가 돌아가시고 북두칠성 옆에 별 하나 새로 생겼다

엄마별

언젠가는 내 별

어머니의 이만큼

어머닌 늘
좋다는 말을 양팔을 벌려 이만큼이라 했다
막내 결혼하고
남는 품 이만큼
햇빛 몇 섬과 비 몇 말 비벼놓은
설움 이만큼

그 품속 어머니 냄새
햇빛 달빛에 스민 이만큼

양말 꿈

예순일곱이 되어도
철이 안 나서
새해 첫날 양말 꿈꾸었습니다
군데군데 상처 난 당신의 마음을 깁듯
양말을 꿰매시던 어머니
왜 하필이면
양말 꿈일까요?

꿈이라 해도 하도 선명해서
그 감촉 마음에 개어 넣습니다

그러고 보니 내 생전 어머니께
양말 한 켤레 사 드린 적이 없었습니다
그런 내가 이제 철이 나려는지
새해 첫날
양말 꿈 꾸었습니다.

동생 새

앞산에 녹음이 짙다
나뭇가지 끝에 앉은 작은 새
누야 누야 누야 누이여
다만 울음으로 불러쌓는다

한눈에 알겠구나
육신을 구겨
새가 된 너는
누야를 부른다

너니?

마당 풀섶에 여치가

누나 누나 누나

부른다

너니 너니 너니

가을이 답한다

잘못한 말

생후 서너 달 된
너를 업었을 때
내 나이는 겨우 일곱 살
너는 나보다 더 끙끙대며
무 크듯 쑥쑥 자랐지

별이 주렁주렁 열린 시월 초저녁
대장암 말기 네 병이 도졌을 때
한번 업어드릴래요 누님
그날 네 등은 내 가슴이었지

내가 이 가슴을 자꾸자꾸 뒤적이는 건
잘못한 내 말이 너를 돌아 나와
어둠을 밝히기 때문이지

또랑새

집 앞 도랑에서 살다시피 하던
네 나이 네댓 살쯤에는
도랑에 비 그치면
쌍무지개가 내려오곤 했지

애기 똥 쪼아 먹던 거머리들이
너를 빙 둘러
또랑새야 애기 똥 말고 네 조막손 내놓아라
또랑새야 애기 똥 말고 네 조막손 내놓아라
꼬리를 흔들며 꼬여댔지

너는 점점 자라
도랑을 떠났지
세월이 지나간 그 도랑 자리
또랑새는 가끔씩 무지개로 내려오지

진실게임

전깃불이 동네에 처음 들어온 날
고모와 선을 보는 총각이
웬일인지 밤에 나타났다
5촉짜리 전등불은
선한 진실을 다 캐내진 못했다

천연두가 유행처럼 휩쓸었을 때
할머니는 고모의 두 손을 묶었지만
고모는 곰보가 되었다

선보러 왔던 총각과
초례청에 나타난 신랑이
다른 사람이라는 소문이
꼬리에 불을 달았다
할머니가 이번에는 고모의 입을 묶었는지
고모는 말없이
신랑을 따라 나섰다.

구절초

향기가 맵다
매워서 눈물 어린 구절초

남강 강둑에
무더기로 핀다
눈물 꽃 강에 어린다

북풍이 불면
고모가 사는 강 건너로
매운 향을 날린다

강 맞은편
할머니와 고모가 바라보고
구절초 향 날린다

그런 날이면
남강 물

흰빛 날린다.

할머니의 외출

하얀 고무신 신고
잔칫집 가신 할머니

손수건에 싸 오신 꼬질꼬질한 절편
하얗고 빨갛고 파란 눈살을 맞고
용케도 집까지 왔네

식구들이 좋아하는 절편
입속에서 오물오물
할머니의 향미 나네

하얀 고무신
검정고무신 되어서 왔네
손녀가 고무신을 안고 냇가로 달려가네
할머니의 발 하얗게 웃네.

꽃님이

꽃님이 이름은

할머니가 지어 주셨다

스스로 한글을 떼신 할머니가 지어 주신

한글 이름 꽃님이

동네 사람들에게도

꽃에게도

통하는 이름 꽃님이

축의금

아들 결혼 때
사촌에게서 축의금이 오지 않았다
눈과 눈썹만큼 가깝다고 생각했으니 서운할밖에
눈과 눈썹
내가 눈이고
사촌은 눈썹인가
움직일 때마다 있고 없던 세월
이것으로 정을 잴 일은 아니지
축의금 봉투에 눈썹을 담을 수야 없지

가계

참깨 농사를 짓네 내 아버지도 아버지의 아버지도 참깨 농사를 지었을 것이네 나는 아버지에게서 온순하고 인정 많은 아버지의 아버지 얘길 듣네 나는 아버지 얼굴에 있는 주근깨와 내 얼굴의 주근깨에 대해 많은 생각을 하네 주근깨는 언제부터 우리 가계에 자리를 잡았는지 우리 밭농사 대를 잇는 참깨는 알고 있을 것이네 참말로 언젠가 참깨와 말을 트면 꼭 물어볼 일이네

제2부
박재삼문학관

월아산

산길에 듬성듬성 핀 개취나물 꽃
그 틈에 주저앉아라 한다

아버지 등같이 굽은 월아산
궂은 날 밟아드린 아버지 등 길에

북창 장날

강 건너 북창 장날에는
인근에 하나뿐인 우시장이 열린다

이른 아침 아버지는
남성골 나루터에서
어미 소와 송아지를 나룻배에 태웠다

텅 빈 외양간에선 온종일
송아지 울음소리가 들렸다

저녁 해거름의 아버지
어미 소만 데리고 오셨다
어둑한 외양간 떠난 송아지 울음
달빛이 숨을 죽였다.

풍류 인생

너는 그저 톡 톡 톡 건들기만 해도
도 미 솔 하니
좋구나 너의 악기

너는 들판에 바둑판을 펼치고
황새 긴 부리로 바둑알을 놓는구나

팽이치고 연 날리던 아이들은 숨은 그림이 되고
흰 구름은 쉬지도 않고 단숨에 재를 넘는구나

할미당 재에 한숨 돌리는 아버지

남강은 양팔 가득 벌판을 보듬고
남에서 북으로 누웠는지 섰는지
국사봉에서 바라본 세상
한 뼘 안에서
빙그르르 돈다.

검정고무신

재래시장을 뒤져서
말표 검정고무신을 한 켤레 샀다
사람들이 내 얼굴과 신발을 번갈아 보았다
저들도 부끄러운 추억에 젖는가
추억은 부끄럽지 않아

박재삼문학관

각진 안경
홑 지갑
장미담뱃갑 가지런히
놓인 시인의 방

그곳을 나오는데
도무지 알지 못할 마음
그곳에 남았다

문학관 뒤뜰에 금나비 날고
삼천포 하늘은
구름 몇 점 걸어놓고
처음 온 방문객을 호린다

그리운 얼굴이었다가
아니었다가

시인은 가고 옴이 없다

마롱이*

마롱이는 사람들이
한쪽 얼굴이 비어있다고 한다
가끔 곰보각시가 예쁘다고 자랑하는 마롱이
각시가 없어진 뒤로
배가 고플 때는 월아산에 올라 망개 맛 같은
만 가지 생각을 씹었다

저녁에 별을 인 월아산이
마롱 마롱 마롱이를 부르면
각시달이 금호지에 뜬다
월아月牙

*월아산 아랫동네 사람.

귀뚜라미

길고양이가 목을 축이는 돌확에
벌써
쪽배를 띄우는 놈이 있었다

칠자화 잎사귀에 앉아
가을밤을 작당하는 놈

한 무리 별빛을 물고
죽어라
늘어지는 놈

귓속에 따라 들어와
이명처럼 눌어붙은 놈을
나직이 불러보았다
귀뚜라미야

홍도화

어떤 춤꾼이 왔기에
저리도
엎어졌다 누웠다 못 견디게 몸부림치는가

살풀이런가
첫돌 못 채운 어느 넋이던가

바닥에 떨어진 한 잎 한 잎의 몸부림을
가지 끝 꽃눈 젖어서 본다

얼마나 작은 나라에서 왔기에
저렇듯 가녀린 몸집인가
자세히 보려는데 훌쩍 눈앞에서 사라지네
봄 아이처럼 가고 없네

남강 숲

나룻배 타고
아버지 등에 업혀
진주 읍내에 가던 날

아버지는 흘러내리는 나를 추스르며
괜찮다
하나도 안 무겁다고 하셨다

아버지의 등은
편하고 따뜻했다

남강에 금산교가 생기고
나루터와 숲길이 사라졌다

무척 궁금하다
숲새의 알을 몰래 꺼내와
선반에 숨겨놓았던 봄날

숲새 어미
아직도 품고 있을까
빈 하늘을

청곡사에서

사월초파일

구름떼같이 모인 사람들 틈에 어머니가 떠밀려간다 잠자리 날개 같은 깨끼 한복 차림들 중 홀로 철 지난 공단 한복을 입은 어머니 내가 보고 있는 것을 아셨는지 사람들의 춤사위 속으로 깊이 숨는다 그럴수록 나는 짤막한 어머니를 찾는 것이 그리 어렵지 않아서 내 눈은 어머니를 따라 뱅글뱅글 포물선을 그린다 어머니의 어깨춤 사이로 하얀 두루마기를 입고 오시는 아버지가 겹쳐진다.

청곡사 앞마당에서 어머니를 다시 만났다.

우체부

빨간 우체통 짊어진 남자
우리 집 그냥 지나친다
기다리는 소식 없어도 섭섭하다

빨간 속사연 물고 온 까치
승진한 아들집에 날아간다
아들이 심은 감나무집 사람들 모인다

서울 딸에게서 온 전신환은
오는 오일장날
송아지 몰고 올 거이다

섭섭한 날
우리 어머니 중얼거린다
무소식이 희소식이다

두물머리

남강과 경호강이
몸을 뒤채면
물은 물을 낳지

두 강 서로 지난날을 씻기며
몸 섞는 소리 사람 울음이다

문대고 벗기고
진양호에 이르면
갈래갈래 줄기줄기 생명 꽃 피운다

바랭이

요것들 봐라
지들끼리 엉겨 붙어 얄궂네!
순하게 딸려오는 것들
마디마다 뿌리를 내리고
죽으라고 뻗대는 것들

풀을 뽑다가
사춘기 시절 나를 만나네
바랭이를 뽑다가
말썽이던 억척쟁이를 보네

공회전

아라비아 숫자 여섯이 짝을 지어 날아다닌다.
결혼식 답례품으로 로또 한 장을 받은 날
꿈속에서다

가끔 무엇을 골똘히 생각한 날은
틀림없이 달려가는 꿈속 나라

도무지 꿰이지 않던 문장도 그곳에서는 척척 맞춰지고
때로는 그리운 이도 불러다놓는다

이것들 기억창고에 꽁꽁 싸매고
꿈에서 깨면

마음에 날리는
그리운 옷자락

소꿉놀이

감나무 아래에서
조약돌과 사금파리와 감나무 단풍을 가지고
아이가 소꿉놀이를 하네
사금파리에 흙을 앉혀 밥 짓고
"여보 밥 드셔야지요"
제 소리에 놀라 까르르 웃네

감나무 이파리 사이로 가을빛 흐르고
생각의 바다에 배를 띄우고
노를 저으며 가네

바닷새가 날고 해풍이
긴 생머리 풀어헤치고
두둥실
꿈이 흐르네
바다로 수평선 너머로

팽이

풍경이 울면
바람은 팽이를 돌린다

아이들
팽이채로 시간을 돌린다

크레용 먹은 팽이 얼굴
형형색색
아이들 꿈이 돈다

단성 오일장

새봄에 태어난 병아리
털보 아저씨 트럭에서 내려놓으니
시장 구경 신이 났다
또래 강아지는
눈 맞춤 중에 팔려버리고
쌀 한 되 뻥튀기하는 동안
병아리도 팔리고
털보 아저씨 빈손을
오월 햇살이 쓰다듬네

원두막

초여름 햇살 좋은 날에
나뭇잎들이 제 몸을 뒤집으며 뽀시락대는
뻐꾸기 울음소리 느릿느릿 퍼지는
깔끄막 원두막을 지키는데
수박이 굴러와 날 잡수 하네

너도바람꽃

소녀가
강둑을 따라 걸었네
강둑에서
하모니카 부는 소년을 만났네
소녀 심장이 뛰쳐나갔네

어느 봄날
소년 소녀의 심장이 만났네
너도바람꽃으로

조기 한 마리

저녁 해 능선을 넘기 전에
그 햇살 석쇠에 걸어
조기 한 마리 굽는다
삼삼하게 바람 간을 넣고
잔솔가지 솔솔 불어

서쪽 해 뚝 떨어지면
다 구운 조기
하늘 밥상에 올린다

집집마다
사람 밥상 훤하다.

제3부

바람 장미

오래된 친구

나란히 낯을 맞대고

속엣것을 다 내어놓는다

친구도 오래되면

된장 냄새가 난다

해녀

바다를 도르르 말아 등에 올린
늙은 해녀는
바다고동을 닮았다

열일곱 살 때부터
배워온 물질이었다

파도를 끌어안고
숨을 놓아야 했던 순간들

바닷물이 몸을 훑고 지날 때
바다에 흐르는 361개 경혈
해녀의 오장육부에 바닷길을 냈다

물때가 좋으면
늙은 해녀의 몸이 웃는다
바다고동이 노래한다

운수

오르막 좁은 길만 찾아다녔다
칼갈이는 익숙한 내 이름

행선지를 정하고
목소리부터 카랑카랑
숫돌에 간다

도구래야 숫돌 하나
갈라지고 토라지고 화해 못한 것들
길눈 틔우는 재주 하나는 타고 났지

쇠와 돌 서걱서걱한 언쟁 끝에
반들반들 새 길이 돋는다

오늘도 힘 꽤나 써야 할 것인가
죄다 이 빠진 것들이다
이것도 다 운수

굿하는 소녀

소녀는 굿할 때 아니면
보통 아이다
굿일이 생기면
등에 북을 맨 엄마 무당이 앞서고
소녀는 볼을 붉히며 따라간다
우리 집 오구굿 할 때도 모녀가 왔다

나는 가끔 그 소녀를 꿈에 본다

백년 가게

성북동 칼국숫집에
줄이 늘어섰다

사람들이 줄을 당기는 것인지
줄이 사람을 당기는 것인지
줄을 타는 사람들

줄이 길이고 길이 줄인 세상
끝에 붙어야 시작이 된다는 것을 알게 된 건
줄을 서면서부터다

백 년째 줄을 서게 하는
가게

아내의 시상식

그는 시상식에 오지 않았다

시를 모르는 그가
어르신 봉사를 하면서
날마다 시를 보았다

할머니 구불구불한 손등은
등나무 시
목욕을 마친 할머니 얼굴은
복사꽃 시

시를 피우는 봉사의 손
문지르고 헹구고 닦아드리면
어르신 얼굴엔
시가 만개한다

'돈을 생각하면 이 일 못해'

그의 미소가
시상식장에 한 다발 꽃으로 왔다.

중년

베란다에는
보풀이 무성한 천 의자가 있다
시집올 때 같이 온 동무 의자
거실 중앙에 앉아
우리 집 대소사를 꿰는 의자
이젠 의자도 나도 청춘을 지나
관절이 삐걱거린다
그래도 조심해서 다루면 서로 불편함이 없다
보풀을 봐줄 만한 나이
뱃살을 신경 쓰이지 않는 나이
나도 중년 너도 중년

교생선생

교생선생
첫 강의실 들어오셨네
맨 넥타이가
'나 처음이에요'
삐뚜름히 인사하네
여고생 큰아이들
까르르 까르르 책상 두드리며 웃었네
준비해온 수업 내용 다 까먹은 교생선생
풀씨꽃보다 더 빨개졌네

간이역

해운대행 완행열차가 빽빽 울며 지나는 안락동 철길 가에 호랑이 장가가는 여름날 반짝 소나기처럼 서는 벼룩시장이 있다 기차가 들어오면 댕댕댕 신호와 함께 역무원은 흰 깃발을 어깨 위로 쳐들고 깃발이 내려지면 기장 산 생미역 봉지를 든 미스 정이 철길 너머 자취방에 당도한다 데모대에 갔다가 붙잡혔다던 동창이 생미역 초무침 같은 이념을 묻혀 왔다 도무지 납득하지 못할 것은 허연 버짐을 양 볼에 찍어오던 그가 이념을 팽개쳐두고 무슨 몹쓸 병인지 요양소로 떠났다는 소식이다 먹다 남은 국물 찌꺼기처럼 버릴 수도 마실 수도 없는 초라한 사랑 한 스푼이 간이역에 남았다.

바람 장미

장미는 죽어도 붉은 꽃입술 내놓지 않는다
얼굴빛이 까매져도
푸른 가지 곁에서 떨어지지 않지

겨울 가물고 몹시 추운 날
아내를 화장한 남자에게
정했나요 장지는
그냥 집으로 데려갑니다

그 남자에게서 바람 장미 꽃 냄새가 났다

말하는 정원

정원이 말을 한다고
그럼

어디냐고 묻고
그 정원에 갔다
세상 꽃들이 다 피어 있었다
벌 나비들도 와 있었다
그들의 언어에서 은은한 향기가 났다

세상에 이토록 아름다운 곳이 있을까
그럼요
목단화가 말을 받았다
나보다 더 마음이 아름다운 꽃이 있어요
연꽃을 만나보세요

물의 꽃이 걸어 나왔다
나도 한때는 너의 정원에 있었어.

북의 말씀

북을 친다

구름 속 양 떼를 몰고
북을 치며 간다

가끔은 양 떼를 풀어
세상에 흩어 놓는다

네 양 떼를 먹여라
북의 말씀

소리는 소리끼리 가고
구름은 북의 길을 연다

동그라미

동그라미를 따라 걷는 길
인생은

나고 기고 앉고 걸음마
둥근 마음길
다시 역순으로 돈다

동그라미 그 길
누구는 눈 한 번 깜빡했다 하고
누군 참 길었다 한다

인생은
동그라미 따라 걷는 길

장사리 매실댁

그녀는 나를 딸처럼 예뻐해서 자주 데려가 재우곤 했다 매실댁 뒤뜰은 대가 울창해서 낮에도 으스스하다 중앙통로격인 대숲 길은 비바람 치는 저녁이면 몽당빗자루귀신이 길 가는 남정네에게 씨름 내기를 건다 그 귀신이 매실댁 안채로 들어갔다든가 소문은 가끔 다르게 나기도 했다 행방불명되어 사망신고조차 못했다는 남편을 기다리던 그녀가 무슨 생각인지 전답을 다 정리하고 양자를 따라 도시로 갔다 매실댁이 구박덩이가 되었다는 소문이 돌더니 끝내 죽었다는 얘기가 들려왔다 그녀에 대한 소문이 여전히 분분한 가운데 뜬금없이 그녀 남편이 남북 이산가족 찾기에 나왔다 남자가 오열했다 남자는 북쪽 사람인가 남쪽 사람인가 그 뒤로는 대숲에 귀신이 나오지 않았다 사람들은 남자가 귀신과 화해했다고도 하고 남북이 곧 통일이 될 징조라고도 하고…….

일력

새해 아침 해맞이에서 캐 온 해를 벽에 걸어두었습니다 하루에 365분의 1만 사용하라는 지시대로 날마다 한 조각씩 떼어 꼼꼼히 사용할 것입니다 하루라는 시간은 경우에 따라서 초침 하나의 움직임도 애달픔이지요 이제 남의 시간을 가로채지 않고 매사에 조심하겠습니다 올 마지막 해가 서산을 넘는 날까지

덤

죽은 소나무가 마당에 버젓이 서 있다
'너 죽었어'
손으로 밀어본다 꿈쩍 않는다

소나무는 산에서 내려올 때만 해도
깊이깊이 뿌리를 내리고자 몸부림쳤으리
마당에 그냥 두기로 했다

자세히 보면
소나무가 산 것도 같고 죽은 것도 같다
죽음도 덤이다

필사

박재삼의 시집 『울음이 타는 가을 강』을 읽었다
내 가슴속에서 가을 강이 흘렀다
시인은 언제 내 가슴에 왔던가
그가 내 머릿속을 깨끗하게 지워버린 게 틀림없다
내가 하려던 말이 도무지 생각나지 않는다
그리하여 나는 그의 시가 되어버린 나의 말들을 공책에 베끼는 것이다.

신분

나는 왜 나인가
알다가도 모른다

뱃속에 있을 때는
아무런 갈등이 없었다
어머니 자궁에서 나왔을 때

어머니의 우는 별
나는 나였다

손바닥 글씨

손바닥에 글씨를 써 준 사람
땀과 함께 끈적거리네

아무리 손바닥을 후벼 파도
그 사람 이름 나오지 않는다

한번 지워진 후 소식 없는 손바닥 글씨
어디를 맴돌고 있을까

까만 잉크 물로
내 몸 어딘가 스민
손바닥 글씨

새의 말

말도 안 되는 일이
정원에서 일어났다
호피 무늬 털 고양이
부리가 족히 한 뼘은 되는
새를 낚아놓았다
나는 턱을 고이고
저 고양이를 어쩌야 쓰나
만 가지 생각에 끌리는데
부리긴 새 넋이 와서 지저귄다

이제 말 안 되는 말 안 할 거야

단풍 아이

창밖 단풍 아이
슬쩍 창 안으로 팔을 들여놓네요

아침 햇살이 살갑게 내려온 날
외출하는 엄마 옷을 붙드는 단풍 아이
안으로 안으로
내려놓았던 엄마의 기억
죽은 아이 되살리는
단풍 아이

제4부
장자뜸

감기

삼십구 도의 몸시를 쓴다
몸시는 열이 안 내려도 좋다
구들장 같은
가슴 데우는 몸시를 쓰고 싶다

장자뜸

뜸 좀 떠다오
스승은 이불처럼 일어나 앉았다
나는 이불에 뜸을 떴다
지금 뜸 불 들어가요
이불 속 척추의 미세한 떨림

느끼셔요
불은 생명에
가 닿아요
일어나고 일어나는 힘

뜸 뜬 자국마다 장자시 꽃 핀다

그날 스승은
속마음 들어 보이셨다

이제 그만

죽음을 떠 다오

제가요?

목뼈가 아파요

여기 아픈가요? 여기는요?
하얀 반달 손톱이 통증을 찾아 꾹꾹 눌렀다
손끝에 자라고 있는 하얀 반달

목뼈의 문제는 7번 8번 등뼈를 자극했고
그 등뼈는 어깨로 통증을 전달
오른쪽 새끼손가락까지 저렸다

다섯 번째 목뼈가 원활하게 소통하자면
시간이 좀 걸리겠어요
뜸쑥을 말며
반달 손톱이 하는 말

그렇다
그 반달 손톱에 보름달이 차면
목뼈도 등뼈도 제자리를 찾아가겠지
몸은 굳게 믿었다.

칠정七情*

악기처럼 사람에게도
몸의 소리가 있다
기쁘거나 노하거나 생각하거나
슬프거나 우울하거나 놀라거나 무섭거나
일곱 정이 내는 소리
몸의 무늬로 춤추며
사람 향 피운다.

간肝(노)
심心(희)
비脾(사)
폐肺(우,비)
신身(공,경)
희노사우비공경의 향기
여자 향 남자 향
몸의 몸 사르며

태극꽃 피운다.

*동양의학의 『병인병기』에 나오는 일곱 가지 감정. 희 노 사 우 비 공 경(喜怒思憂悲恐驚).

침

서점에서 시집을 읽다가
재채기와 함께 침이 튀었다
깜짝 놀라 닦았지만 자국이 남았다
하는 수 없이 그 책을 샀다

연애 시절
한 남자를 두고 줄다리기를 하고 있었다
지는 것이 싫어서
그 줄에 침을 발랐다
남자가 침의 힘에 이끌려 왔다

나이가 드니
자꾸 침이 말랐다
침의 힘이 생각나서
침샘 자리에 침을 놓았다

바람중개사

사람이 집을 살 때
바람은 사람을 흔들어 준다
그래야 튼튼한 집을 산다

사람이 사랑할 때
소통은 몸을 흔든다
그래서 사랑은 든든하다

나쁜 집은 따로 없다
좋은 사람은 따로 있다
바람중개사의 말이다

지구임대차계약

하나님이 천지를 창조하시고 지구에 관한 전권을 미생물에게 주었다 불모의 지구를 생물이 살 수 있도록 재개발한 것이 미생물이었기 때문이다 맨 먼저 공룡이 지구를 임대했다 그런데 어찌 된 영문인지 공룡이 지구상에서 퇴출되고 말았다 지구를 인간에게 다시 이양했다 인간들은 지구를 무한정 사용할 수 있다는 호조건을 놓치지 않았다 주인인 미생물은 지구 훼손 시 언제든지 인간과의 계약이 종료된다는 단서를 붙여 놓았다 그러나 인간은 지구의 주인행세를 했던 공룡을 곧 닮아가기 시작했고 그 행위를 경고하듯 코로나 사태가 터졌다 지구의 주인은 미생물이란 사실을 망각했던 탓이다 임대 지구를 훼손시키면 쫓겨나는 건 당연지사다 방 빼 어느 날 임대인이 문자 날릴지 모를 일이다

부자 되기

길을 가다가
마음에 드는 건물이 나타나면
일단 점을 찍어둔다

계약금 중도금 잔금 미정
생각만으로
가슴이 두근두근
기분이 좋다

그 일이 성사되지 않아도
남는 것은 있다
돈 생각
부자 꿈똥 누기

개업

마흔 살 불혹에
부동산중개사가 되었다
개근상장처럼 중개업허가증을 벽에 걸고
명패는 책상에 다소곳이 앉혔다

수락산 오를 때마다
산 아래 아파트 군락을 보며
집 없는 사람들
미래의 집을 그려보았다

미애 씨

미애 씨가 아들 삼형제와 살
집을 계약하는 날
고만고만한 아이 셋 거느릴 전셋집
반지하 빌라를 한사코 권했다

월세 줄 돈을 모아라
이사 자주 다니면 돈 다 죽는다
아이들 다 자랄 때까지 10년만 버텨라
그때 급매물 하나 사자

그리고 12년이 지났다
마침 아들네와 합가하는
작은 단독 급매물이
미애 씨를 기다리고 있었다

신바리

닷새째 쏟아붓는 장맛비
우리 집 거실로 피난 온 신바리
어릴 적 엄마는 보이는 족족 때려잡았다

결혼 후 시어머니는 돈벌레라고 죽이지 않았다
집 안에 돈벌레가 많아야 돈이 들어온다
신바리가 보이면
바닥을 탁탁 쳐서 도망 길 터 주었다

마당 집으로 이사와
심심찮게 신바리가 나타났다
시어머님 말씀
돈이 들어오고 있는 것이다

사춘기 아들 대하듯
우리는 서로 모른 체했다
이제 돈이 좀 모일까

기대를 뒤집고
목돈이 빠져나갔다

별놈의 배신감
저놈을 없애야 하나 그냥 둘까
고심하는 마음 샛길로
돈벌레는 잽싸게 자취를 감췄다

대령의 집

계급장을 가슴에 붙인 대령이 왔다
해군이었다

부동산사무실에는
대령과 중개사뿐이다 그래도
서로의 계급장을 떼고 얘기했다

하늘을 바라보면서
집 한 칸을 마련하지 못했다
이제는 집을 짓고 싶다
대령은 하고 싶은 말을 다 했다

중개사는 짐작했다
하늘에 닿는 계단을 쌓아
별을 따오고 싶은 것이다

집을 지을 때

유리 지붕을 만들면
별이 사는 집이 된다
중개사의 시다

누구나 별 하나씩 품고 산다
전등 불빛도 멀리서 보면 별이다
군인이 되고 싶었던 중개사도
늦은 저녁에 돌아와 별 하나 켠다

그 밤 중개사는
대령의 계급장이 별로 바뀌는
꿈을 꾸었다.

철거

다락으로 오르는 좁은 통로에
거미집이 있다
아무 생각 없이 거미줄을 걷었다

내 곁으로 다가온 거미 한 마리
일생 모은 진액으로 지은 집이라며
긴 다리로 바닥을 치며 시위 중이다

아까 거미줄에 없었던 거미는
몸통에 노란 띠를 두르고 왔다

재개발지역에 있던 내 집은
철거 팀이 다녀간 후로
맥없이 주저앉았다
그때 나도 머리에 노란 띠를 매고 있었다.

뱀을 문 여자

예쁜 여자가 입에 빨간 뱀을 물고
집을 보러 왔다
그 여자 목소리가 아나운서다
뱀의 말
그 여자 혀도 갈라져 있다
중개인은 그 혀에 말려 오케이 오케이만 연발했다
매매가에서 오천만 원이 단숨에 잘렸다
흥정이 끝나고 계약 내용을 보다가 깜짝 놀랐다
매수자 서명란에 꽃뱀이 그려져 있었다
중개인은 매물만 확인할 뿐 매수자는 알려주지 않는다

자매

재개발동네
판잣집 벽장 속에
빼꾸기 자매 산다

개운산 길
허공과 포개어 앉은 돌계단 끝에
자불자불 조는 자매
산그늘이 따독따독 잠재우고
집 나간 엄마 발자국 소리에
아랫집 개 짖다 말다

봄꽃은 지고

전문가

제 창고는 못 채울망정 남의 창고는 채운다
이 무슨 철학 얘긴가
부동산전문가 헛물만 마셨다

수유리 빌라는 샀다가 본전에도 못 팔고
들어가서 몇 년 살다가
간신히 손해 끝에 팔고 나왔다

가까이 살던 친구는
수유리 빌라 옥상에서 키워 먹던
쌉싸름한 상추 맛을 잊지 못한다

막차에 간신히 팔고 나온
전문가는 물 먹은 자존심을 잊지 못한다

똥골

똥을 퍼다 버린 곳이라고 해서
붙여진 이름 똥골
주민들은 제 동네 이름을 품속에 숨기고 다녔다

문을 닫아걸지 않아도 되고
남의 집 숟가락을 센다고 해도
괜찮다 괜찮다고 한다
인심이 흔한 동네다

어느 날
이곳에 재개발 바람이 불어
천지가 개벽을 했다
마을 사람들 마음도 덩달아 폭등했다

국어순화운동의 일환으로
북정마을이란 이름이 새로 생겼지만
마을 사람들은 그곳을 그냥

똥골이라 부른다.

전쟁은 놀이다

참새들이
눈 속을 헤치며 땅따먹기 놀이를 한다

저렇게 작은 것들이
이 넓은 세상을 따 먹는다

따먹히고 따먹는 사람들 보며
참새들 노래한다

전쟁은 놀이다 짹짹
땅따먹기 놀이다 짹짹

불경기

오래된 동네에 중개사무소를 개업했다 손님이 왔다 당신이 첫 고객이에요 손님은 빙그레 웃으며 그래요 이곳에만 내 집을 내놓겠소 그의 눈이 반짝 빛났다 지독한 불경기의 '첫 손님' 며칠 후 그가 와서 또 그 집을 내놓았다 당신이 두 번째 손님이에요 손님은 고개를 끄덕이면서 갔다

제5부
콩돌

콩돌

강가에서 까만 콩돌을 만났네

물살이

햇빛이

바람이 어리고 문대고 갔네

나도 콩돌이고 싶네

햇빛

바람

구름

어린 강의 콩돌

작은 폭포

작은 폭포가 있었네
가문 날도 한 획으로 떨어져 뒹구는 그 소리
귀 기울이면
나무뿌리들 물 먹는 소리 들리네

가뭄이 깊으면 폭포가 우네
물 몸 비트는 폭포의 울음
손이 마른 나무에게 가네

서산의 해는

서산을 넘는 해는
길목의 나뭇잎에
햇살을 떨어뜨리네

빛을 되쏘는 나뭇잎 거울
햇살은 세상의 모든 몸에 가서
온기로 남네

눈

나무는 마디마디에 눈을 달고 산다
세상일에 간섭 없는 나무
눈을 혹사하지 않는다

나는 참 딴판이다
눈에 보이지 않는 것 알려 한다
아카시아 나무를 흔들고 지나는
바람을 보려 한다

하늘 그림

오늘은 날씨가 하도 맑아서 고개가 아프도록 하늘을 올려다보아요. 누가 대청소를 해 놨는지 티끌 하나 보이지 않아요. 이 하늘에 갑자기 그림을 그리고 싶어졌어요. 보고 싶은 친구 얼굴 그리고 우리 집에 놀러 오라고 글씨도 써넣고 싶어요. 나를 내려다보는 맑디맑은 하늘이 저 대신 그림을 그려요. 내 마음까지 그려요.

노란 가락지나물꽃

낮게 엎드려 눈에 띄지 않는
네 노란 꽃을 누가 보아줄까
화분에 담겨서라도 세상에 나오지 그랬니
무수골 가락지나물꽃

밤에 솟는 별, 지나는 구름, 흠뻑 적시는 비, 흔드는 바람, 새들의 지저귐, 아침이슬, 작고 느릿느릿하게 번지는

노란 가락지나물꽃 향기로 빛나네

까만 돌덩이

화단에 까만 돌 하나
치워버릴까
작은 화분 놓기가 알맞아 그냥 두었다

밤중에 물 흐르는 소리가 나서 나가 보았다
낮에 해가 달구고 간 까만 돌덩이
물 흐르는 소리로 우는 까닭이 무얼까

자연

닭을 텃밭에 풀었다
텃밭의 바람도 햇빛도 몸을 풀었다
서서히 자연이 되어가는 닭
제 알을 풀숲에 흘리고 구름 한 점 쪼아 먹는다

첫눈

첫눈이 오겠다는 뉴스에
잠을 설쳤지요
그런데
말간 하늘에는 눈구름 한 줄기만 길게 걸쳐 놓았군요
구름 속에는 산과 능선이 펼쳐져 있고
뉴스가 예고한 하얀 눈이 푹푹 쌓여 있었어요
그리운 사람들이 죄다 그곳에 모여 살고 있는 것인지
동녘 햇살이 그곳으로 환하게 번지고 있네요
그렇게 아름다운 그림은 한 번도 본 적이 없었거든요
첫눈은
처음 내딛는 아가 발자국처럼 서툴러도 아름답기만 하잖아요
오늘은 정말이지
미운 사람을 길에서 만나도 웃어주고 싶은 날입니

다

그리움의 파장이

구름 속으로 퍼져 갑니다

그래서인지

구름 동네가 들썩거립니다

구름 동네가 우리 동네로 이사 오려고요.

두꺼비

마당에 나온 두꺼비
무엇을 보고
눈알을 부라리나

오물거리는 입은
낙숫물 장단에 푸른 독 삼키고

하품하는 두꺼비
하늘 샘에 빠진다

나팔꽃

날 보고
나팔꽃을 닮았다며
꽃 사진을 보내준 친구

하얀 꽃술
우윳빛 속살
핑크 입술
어느 것 하나도 닮지 않았다

저녁 산책길에 만난 나팔꽃
찬찬히 보았다
마음 주머니
겨우 벌어지고 있었다

나팔꽃 닮으라고
친구가 보내준 나팔꽃 사진
꼭 다문

내 마음 주머니만 보고 말았다.

천변에서

가녀린 외다리를 딛고 선
황새 한 마리

물속에 잉어 떼 무리 지어 가는데
웬일인지 모른 체한다

순간 황새의 긴 목이
사람들 시선을 낚아챈다
황새 부리의 잉어가 사람 눈을 물고 있다

청계천에서

처서 지나니
청계천에 서늘한 기운이 돈다
새끼물오리 헤엄쳐
물가에 다가서다 말다 줄행랑친다

청계천 복원에 대하여
에둘러서 세월을 짚어보는 사람들
고만고만 서로 늙었다

잉어 떼가 시커먼 등짝을 움실거리며 물을 거스른다
거꾸로 흐르지 못할 시간을 주무르며 사람들
자리에서 일어설 줄 모른다

장자의 가자미

장자가 옆구리를 긁적거리더니
가자미 한 마리를 꺼냈다
나는 가자미를 놓고 요리조리 궁리했다

꿈에 가자미가 내 옆구리로 들어왔다
꿈이 깼을 때 가자미는 흔적이 없고
가자미가
꽃바람 속의 홍도를 닮은*
꽁치로 변한 시만 보였다

* 강우식의 시 「꽁치」에서.

네 이름 직박구리

새 한 마리가
넝쿨장미 그물에 걸려 있다
오랜만에 나온 햇살이 반가워 창문을 연 순간이었다
재빨리 창문을 도로 닫고
심호흡을 하며 생각했다
저 새가 구해달라고 울부짖었을 텐데
동료 새들이 SOS를 치며 야단법석일 때
난 어디에 있었나

내 화분의 블루베리를 모조리 먹어버렸을 때
난 널 지독히 미워했어
눈여겨보지도 않았고
이름조차 궁금하지 않았지

이제야 너를 검색해본다
직박구리

그래 너였구나

나처럼 평범한 너

뭇 시선 밖의 너와 나

아줌마 꽃

스스럼없이 넘실넘실 담장을 넘어왔다
푸르른 호박 넝쿨이다

오자마자 꽃을 피우는데
청자 항아리에 올라앉은 호박꽃

가을 구름이
내려다보고 하는 말
옆집 사는
수더분한 아줌마 꽃

이상기후

깜빡 잊고 바닥에 둔 꿀 종지
개미 떼 세상이다
이상기후는 벌들의 생태계 흔들었다
꿀을 좋아하는 사람도 개미 떼도
비상태세에 들어갔다
타 죽고 들끓어 죽는 세상
올 곳이 아니라고
사람 씨 정자도
경주를 멈추었다

수초

나는 초록의 갈기를 가진
물바람이다

진흙과 흙탕물에서
뒤척인 시간
헹구지 않아도
썩지 않는다

매끄러운 물에
스스로 정화되는
수초의 마음
연꽃은 안다

나무가 되려 하네

나무가 되려 하네
얇은 입술에서 새어나오는
새들의 온갖 소리에 귀 기울이며
강을 건너간 아비를 기다리는
아기물총새 사연을 듣네
나무에게는 물새도 숲새도 가족이네

담쟁이

담쟁이가 사는 방법을 보았다

소나무에 뿌리를 박고

하늘을 끌어내리다

제 허리를 싹둑 자르는 담쟁이

호박꽃

햇볕에
발그레 웃는 호박꽃
곱다
맏며느리 같은 꽃

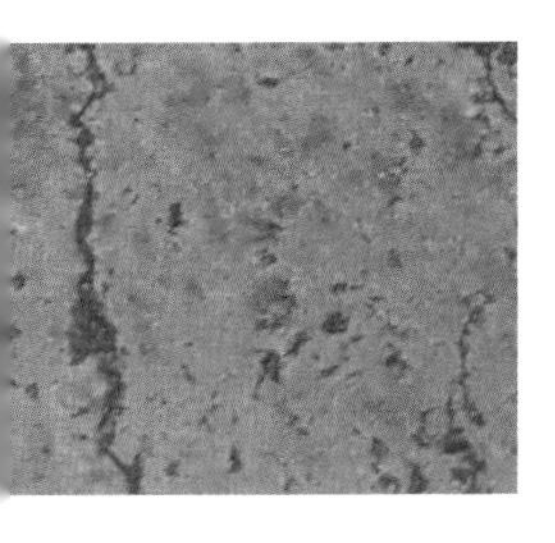

| **해설** | 이승하 시인, 중앙대 교수

슬픔과 아픔의 역사를 극복하는 법

| **해설** | 이승하 시인, 중앙대 교수

슬픔과 아픔의 역사를 극복하는 법

이 땅에서 시가 언제부터 씌어지기 시작한 것일까? 고구려 2대 왕인 유리왕이 기원전 17년에 「황조가黃鳥歌」를 지었으니 최초의 서정시다. 중국에서는 시의 출발을 민요 모음집인 『시경詩經』으로 보고 있는데 민요는 딱히 창작된 연도를 적시할 수 없고 『시경』의 편찬 연도도 정확히 알 수 없다. 하지만 우리나라에서는 기원전 17년부터 시가 시작되었다는, 정확한 출발 연도를 알 수 있다. 그러니까 이 땅 시의 역사는 2042년이 된 것이다. 참으로 긴 역사다. 고대가요, 향가, 고려가요, 경기체가, 시조, 신체시, 자유시……. 수많은 선현이 시를 짓고, 즐겼다.

그런데 21세기로 접어들기 전부터 시는 총체적 위기의 조짐이 보이기 시작했다. 등단이 쉬워져 시인들이 해마다 수백 명이 쏟아져 나오는 것은 좋은데, 독자들이 시집을 도무지 사 읽지 않고 있다는 것이다. 시의 산문화, 장형화, 난해함이 악재로 작용해 시는 독자들의 관심권 밖으로 밀려나고 말았다. 이와 반대로 시낭송대회가 전국 방방곡곡에서 행해지고 있다. 10종이 훨씬 넘는 시조 문예지들의 약진도 눈부시다. 시조 문학상이 10개가 넘는데 모두 천만원 넘는 상금이니 수상한 시조시인들의 자부심이 대단하다. 그리고 동시 쓰는 시인들이 기하급수적으로 늘고 있다. 운율을 잃어버린 시에 대해 독자들이 염증을 느끼고 있는 것이 감지되자 이런 현상이 일어나고 있는 것이다.

시의 영향력 상실 현상을 가슴 아파하고 있던 터에 정산청 시인의 첫 시집 원고를 받았다. 고 박재천 시인의 가르침을 받으면서 시를 공부해 2023년에 《문학나무》를 통해 등단한 정산청은 박재천 시인의 마지막 제자다. 박재천 시인의 생전에 펴냈던 계간 《문학과창작》의 단골 필자요 시인의 댁에 초대를 받아 가서 놀았던(?) 인연이 있는 필자로서 해설 쓰기의 중책을 맡고 한동안 고민에 빠졌다. 시를 보니 해설할 필요가 전혀 없는 시편이었기 때문이다. 시가 정말 쉽다. 해설이란 말 그대로 길 안내의 글이다. 독자의 이해를 돕기 위해 해설사의 역할을 하는 것인데 전혀 그럴 필요가 없는 시였다. 하지만 등단 지면을 마련해준 황충

상 선생님의 간곡한 부탁이 있어 이 글을 쓰기로 했다. 조금도 난해한 구석이 없는 시에 대한 길 안내의 글이라 사족이나 군더더기 말이 되지 않을지 모르겠다. 그냥 느낀 바를 솔직히 씀으로써 해설 쓰기의 책임을 다할까 한다. 시집의 제일 앞머리를 장식하고 있는 시는 「이장」이다.

어머니 장례식 날
아버지를 이장하게 된 건
어머니 유언 때문이었다

딸은 인부들 옆에서
기억을 거꾸로 돌리고 있었다

젊어서
젊어서
그날의 꽃상여는 온통 붉었다

젊은 아버지는
백발이 되어 오신 어머니를 맞이하려
자리를 털고 일어섰다

인부는

흙 한 삽을 떠서 무명천에 담는다

어데서 구절초 향이 날아왔다

너거 아부지가 이 꽃을 참 좋아했니라

—「이장」 전문

이 시를 보면 (시인과 시적 화자를 동일시할 때) 시인의 아버지는 젊은 시절에 돌아가셨다. 아버지가 생전에 구절초를 좋아했다고 어머니가 말하곤 했는데 어머니마저 돌아가시어 이장을 했다. 이 시를 제일 앞머리에 실은 이유가 어디에 있을까? 아마도, 아버지의 부재가 초래한 고독감이 시인의 길로 이끈 원동력 역할을 했다는 이야기를 독자에게 하고 싶었던 것이 아닐까. 이어지는 「아버지의 잔」 「가훈」 「귀울림」 「아버지의 비」 「꿈속 대화」 「가계」 「월아산」 「북창 장날」 「풍류 인생」 「남강 숲」 등이 다 아버지에 대한 기억을 더듬으며 쓴 것이다. 이 가운데 두 편을 감상해 보자.

굼실 진외가에 가던 날

아버지는 멀미로 새하얘진 나를 앉히고

내 입술에 묻은 토사물을 닦아 주었다

처음 탄 완행열차의 기적소리는 얼마나 힘찼던지
그로부터 귀울림이 생겼다

아버지의 새 양복을 적신 멀미와 귀울림은
그 후에도 계속되었는데
내가 어느 정도 컸을 때 문득
멀미와 귀울림과 아버지가
나를 떠났다는 것을 알았다

비를 엄청 좋아하는 나에게
언제부턴가 빗소리 같은 귀울림이 새로 생겼다
그 소리는 진외가에 갔던 풍경을 데려다 놓았다
아버지의 손이 기억하는
내 입술의 토사물도
—「귀울림」 전문

귀울림, 즉 이명 증세가 생긴 이유와 그 증세가 사라지기까지의 과정을 밝힌 시다. 어린 시절에 시인은 멀미와 이명증세로 인한 고통과 아버지의 부재로 인한 외로움으로 무척 힘들었지만 훗날 그것들을 한꺼번에 극복하게 된다. 아마도 문학에 눈을 뜨고 시를 쓰면서부터가 아닐까. 비가 내리면 그 비와 함께 아버지가 찾아온다고 생각할 정도로 시인의 아버지에 대한 정이 애틋하다.

아버지가 내 몸에 엉겨 지워지지를 않네요

버리거라 아비는
하늘에 오른 지 오래잖니
그래도 마음 몸 그 흔적 지울 수 없네요

비 오는 날 마음 옷
몸 옷 젖도록 길 가거라

아비는 가끔 너에게 비로 내린다
—「아버지의 비」 전문

비 오는 날 아버지와 함께했던 추억이 있는지 비만 오면 아버지를 느끼는 딸은 이와 같이 아버지와의 추억을 정리한다. 다음에 시적 대상이 된 이는 어머니다. 가장이 졸지에 사라진 집에서 아이들을 돌보고 교육시키려면 일을 해야 한다. 가사노동은 바깥일을 해야지 아이들 입에 밥을 넣어줄 수 있다.

초겨울 보리밭에 솟은 서릿발
속절없이
뽀독뽀독 밟았다

뭉개져도
밤새 제 몸을 일으켜
그 자리에 도로 돋는
얼음발

하늘을 머리에 이고
땅속 고인 눈물
흙으로 밀어서 올린다
어머니의 서릿발
—「어머니의 서릿발」 전문

이 시는 어머니의 서릿발 같은 성격을 얘기하는 것인지 초겨울 이른 새벽에 일터로 나간 어머니의 처지를 그린 것인지 명확하지는 않다. 아무튼 어머니의 강인함, 끈질김, 부지런함 같은 성격을 나타내는 시가 아닌가 한다. 자신이 약해지거나 쓰러지면 안 된다. "뭉개져도/ 밤새 제 몸을 일으켜/ 그 자리에 도로 돋는 얼음발"이 바로 어머니였다. 「어머니의 하늘」 「실타래」「정월의 눈」「엄마별」「어머니의 이만큼」「양말 꿈」「청곡사에서」 등도 어머니를 소재로 하거나 대상으로 한 시다. "내 생전 어머니께/ 양말 한 켤레 사 드린 적이 없었습니다"(「양말 꿈」)란 고백을 하는 것에서도 알 수 있듯이 어머니에 대해서는 회한이 많음을 알 수 있다. 시 속의 얘기들을 다 허구가 아닌 진실로 간주한다면 시인이 업고 키운 일곱 살 밑의 남동생은 대장암으로 죽었다. 동생에 대한 애틋한 기억은 「동생새」「너니?」「잘못한 말」 등에서 이어진다. 고모 이야기도 나온다.

전깃불이 동네에 처음 들어온 날
고모와 선을 보는 총각이
웬일인지 밤에 나타났다
5촉짜리 전등불은
선한 진실을 다 캐내진 못했다

천연두가 유행처럼 휩쓸었을 때
할머니는 고모의 두 손을 묶었지만
고모는 곰보가 되었다

선보러 왔던 총각과

초례청에 나타난 신랑이
다른 사람이라는 소문이
꼬리에 불을 달았다
할머니가 이번에는 고모의 입을 묶었는지
고모는 말없이
신랑을 따라 나섰다.
—「진실게임」 전문

고모는 천연두에 걸려 곰보가 되고 말았지만 신랑을 따라 신행길에 나섰다. 제목이 '진실게임'이 된 것은 "선보러 왔던 총각과/ 초례청에 나타난 신랑이/ 다른 사람이라는 소문이/ 꼬리에 불을 달았"기 때문인데 그 소문의 진실 여부가 어떻게 되든지 간에 고모는 결혼해서 잘 살아 갔을 것이다. "강 맞은편/ 할머니와 고모가 바라보고/ 구절초 향 날리"(「구절초」)고 있으니 말이다. 할머니 얘기도 몇 편에 걸쳐 나오는데 「꽃님이」나 「할머니의 외출」 같은 시를 통해서였다.

이와 같이 시인은 시집의 전반부에서 자신의 가족사를 기술하고 있다. 기억의 깊은 곳에서 잠들어 있는 일화를 들춰내고는 시름에 잠기곤 한다. 하지만 계속해서 기억에 붙들려 있을 순 없다. 시인의 시선은 박재삼문학관에 다녀온 것을 계기로 자연의 이모저모로 눈을 돌리게 된다. 일단 필사筆寫를 시작한 모양이다.

> 박재삼의 시집 『울음이 타는 가을 강』을 읽었다
>
> 내 가슴속에서 가을 강이 흘렀다
>
> 시인은 언제 내 가슴에 왔던가
>
> 그가 내 머릿속을 깨끗하게 지워버린 게 틀림없다
>
> 내가 하려던 말이 도무지 생각나지 않는다
>
> 그리하여 나는 그의 시가 되어버린 나의 말들을 공책에 베끼는 것이다.
>
> —「필사」 전문

죽은 박재삼 시인이 스승이 되었던 것이다. 그의 시를 필사하는 동안 내 머리를 메우고 있던 시라는 것, 시 구절들, 습작하고 있던 것들, 온갖 시의 내용과 형식이 몽땅 사라져 갔다. 사라진 자리에서 새롭게 시심이 일어나게 되었다. 박재삼은 소월과 영랑, 미당을 잇는 순수 서정시 계열의 시인이다. 그래서 정재원(시인의 본명)은 새롭게 마음을 먹고 시인의 길을 가보고자 결심을 하게 되었던 것이려니. 그리고 그 시점부터는 과거지사가 아니라 현재적 삶과 대자연으로 눈길을 돌리게 되었다.

남강과 경호강이
몸을 뒤채면
물은 물을 낳지

두 강 서로 지난날을 씻기며
몸 섞는 소리 사람 울음이다

문대고 벗기고
진양호에 이르면
갈래갈래 줄기줄기 생명 꽃 피운다
—「두물머리」 전문

두물머리를 노래한 시가 대단히 많은 데 이 시는 짧지만 대단한 압축미와 집중력을 보여주고 있다. 남강과 경호강이 합쳐져 흐르는 것을 모르는 사람은 없을 것이다. 그런데 물이 물을 낳는다는 표현이나 두 강이 서로 지난날을 씻기며 몸 섞는 소리, 즉 사람의 울음을 낸다는 표현은 무척 에로틱하면서도 감각적이다. 물이 문대고 벗기면서 진양호에 이르면 "갈래갈래 줄기줄기 생명 꽃 피운다"로 귀결된다. 즉, 소리가 사람의 울음이 교성임을 알게 된다. 새로운 생명체 탄생을 예비하는 과정에서 내질러진 기쁨의 울음이었던 것이다. 생명체의 생명의식은 다른 시에서도 볼 수 있다.

요것들 봐라
지들끼리 엉겨 붙어 얄궂네!
순하게 딸려오는 것들
마디마다 뿌리를 내리고
죽으라고 뻗대는 것들

풀을 뽑다가
사춘기 시절 나를 만나네
바랭이를 뽑다가
말썽이던 억척쟁이를 보네
—「바랭이」 전문

들판에 가면 눈에 쉽게 뜨이는 풀이 바랭이이다. 흙만 보이면 밭, 밭둑, 길섶 등에 뿌리를 내리고 자란다. 시인은 제1연에서 바랭이의 속성을 말해준 뒤에 자신의 사춘기 시절을 생각해본다. 말썽을 일으키곤 하던 '억척쟁이'라고 스스로를 평하고 있는데 어떻게 살아갔기에 이런 별명을 갖게 되었을까? 남들이 붙인 별명이 아니라면 자신에 대한 평을 그렇게 한 것이다. 누구랑 연애를 진하게 한 것일까? 반항기라고 할 수 있는 사춘기의 열병을 심하게 앓았던 것일까? 자, 이제 타인의 삶을 관찰해 시로 써보기로 한다.

바다를 도르르 말아 등에 올린
늙은 해녀는
바다고동을 닮았다

열일곱 살 때부터
배워온 물질이었다

파도를 끌어안고
숨을 놓아야 했던 순간들

바닷물이 몸을 훑고 지날 때
바다에 흐르는 361개 경혈
해녀의 오장육부에 바닷길을 냈다

물때가 좋으면
늙은 해녀의 몸이 웃는다
바다고동이 노래한다
—「해녀」 전문

해녀는 무척 힘든 직업이다. 강인한 생명력이 있어야지만 물질을 할 수 있다. 바다는 해녀의 놀이터였고 일터였다. 열일곱 살 때부터 시작한 물질을 몇 살이 되어야 그만둘까? 50년은 바다에서 살았을 것이다. 해녀의 몸은 젊었을 때는 바다고동을 닮았지만 이윽고 바다가 된다. 혼연일체가 되어 오장육부에다 바닷길을 낸다. 바닷물 속에서 생활비, 교육비, 병원비 온갖 돈을 다 건졌다. 바다에 나가서 돈을 건져온 해녀의 고달픈 생애가 한 편의 시에 압축되어 있다. 「너도 바람꽃」이나 「굿하는 소녀」 「오래된 친구」 「단성 오일장」 「백년 가게」 「장사리 매실댁」 등도 큰 주제는 뭇 생명체의 생명력 혹은 생활력이다. 살아 있는 한 살려고 애써야 한다는 것이 정산청 시인의 모토가 아닐까?

그래서인지 시의 후반부에서는 자신이 수십 년 동안 부동산중개업을 했다는 것을 밝히면서 직업정신에 입각해서 시를 10편 정도 쓰기도 한다. 예컨대 이런 시편이다.

미애 씨가 아들 삼형제와 살
집을 계약하는 날
고만고만한 아이 셋 거느릴 전셋집

반지하 빌라를 한사코 권했다

월세 줄 돈을 모아라
이사 자주 다니면 돈 다 죽는다
아이들 다 자랄 때까지 10년만 버텨라
그때 급매물 하나 사자

그리고 12년이 지났다
마침 아들네와 합가하는
작은 단독 급매물이
미애 씨를 기다리고 있었다
—「미애 씨」 전문

의식주 중에서 제일 마지막에 놓은 것이 주이지만 주거 또한 보통 중요한 것이 아니다. 직업상 만나게 된 사람이 편하게 살 집을 마련해주는 것이 부동산중개인의 역할이다. 타인의 삶에 적극적으로 개입하는 것이다. 도움을 줄 수도 있고 손해를 줄 수도 있다. 「개업」「지구임대차계약」「대령의 집」「철거」「뱀을 문 여자」「전쟁은 놀이다」「불경기」「전문가」「부자되기」「똥골」「자매」 등의 시는 자연이 아니라 도시가 무대가 된다. 자연경관이 좋은 곳이었다 해도 재개발의 바람이 불면 길이 뚫리고 건물이 들어선다. 아파트가 하늘을 가린다. 집과 땅을 잘 관리하면 부자가 될 수 있고 재수가 없으면 빈털터리가 될 수도 있다. 부동산 관리를 잘하는 전문가가 되면 다 부자가 되는가?

제 창고는 못 채울망정 남의 창고는 채운다
이 무슨 철학 얘긴가
부동산전문가 헛물만 마셨다

수유리 빌라는 샀다가 본전에도 못 팔고
들어가서 몇 년 살다가
간신히 손해 끝에 팔고 나왔다

가까이 살던 친구는
수유리 빌라 옥상에서 키워 먹던
쌉싸름한 상추 맛을 잊지 못한다

막차에 간신히 팔고 나온
전문가는 물 먹은 자존심을 잊지 못한다
—「전문가」 전문

이 시를 보니 전국적으로 커피점만큼 많은 부동산 중개업 사람들이 다 투기꾼이 못 되는 이유를 알겠다. 돈줄을 안다고 해서 돈이 내 통장으로 안 들어오는 것과 마찬가지다. 전문가라고 해서 사업가는 아니다. 이 세상에서 돈을 많이 버는 사람이 따로 있음을 이들 시편을 보니 알겠다.

다시 생명체의 생명현상으로 돌아가 보자. 식물도 동물도, 조류도 어류도, 곤충도 해충도 목숨이 붙어 있는 한 그 목숨의 생명현상을 유지해야 한다.

말도 안 되는 일이
정원에서 일어났다
호피 무늬 털 고양이
부리가 족히 한 뼘은 되는
새를 낚아놓았다
나는 턱을 고이고
저 고양이를 어째야 쓰나
만 가지 생각에 끌리는데
부리긴 새 넋이 와서 지저귄다

이제 말 안 되는 말 안 할 거야
—「새의 말」 전문

그런데 생명체의 생명 유지가 보통 힘든 것이 아니다. 식물은 채식동물에게 먹히고 채식동물은 육식동물에게 먹히고 육식동물은 인간에게 먹힌다. 길고양이가 새를 잡는 경우가 종종 있다. 새는 죽어서 이렇게 말한다고 시인은 상상한다. "이제 말 되는 말 안 할거야" 하고. 짹짹 혹은 지지배배 계속 울어대는 새는 시인과 다를 바 없다. 시는 결국 그 옛날의 곡비처럼 우는 자이다. 이제 시인의 인생론에 귀를 기울여 보자.

동그라미를 따라 걷는 길
인생은

나고 기고 앉고 걸음마
둥근 마음길
다시 역순으로 돈다

동그라미 그 길
누구는 눈 한 번 깜빡했다 하고
누군 참 길었다 한다

인생은

동그라미 따라 걷는 길

—「동그라미」 전문

동그라미를 따라서 걸어가지만 누구는 인생을 눈 한 번 깜빡했다고 하고 누구는 참 길었다고 한다. 정말 사람마다 인생관도 다 다르다. 촌각을 아끼며 살아가는 사람이 있는가 하면 천하태평인 사람도 있다. 우리는 대체로 '빨리빨리'를 주장하고 중국인은 '만만디'를 원한다고 하지만 전 민족이 같을 수는 없다. 바쁘게 사는 사람은 유유자적 살아가는 사람을 이해하지 못하고 여유 있게 사는 사람은 시간에 쫓기며 살아가는 사람을 이해하지 못한다. 1분이 어떤 사람에게는 60초고 어떤 사람에게는 50초일 수는 없는 것이다. 제일 궁금한 것이 시인의 죽음관이다. 모든 생명체의 마지막 생명현상은 죽음이다. 이를 거부할 수 있는 이는 지구상에 한 명도 없다, 한 마리도 없다.

죽은 소나무가 마당에 버젓이 서 있다

'너 죽었어'

손으로 밀어본다 꿈쩍 않는다

소나무는 산에서 내려올 때만 해도

깊이깊이 뿌리를 내리고자 몸부림쳤으리
마당에 그냥 두기로 했다

자세히 보면
소나무가 산 것도 같고 죽은 것도 같다
죽음도 덤이다
—「덤」 전문

이 시는 놀라운 통찰력을 보여준다. 죽음도 덤이라는 것이다. 마당에 있는 죽은 소나무가 한때는 살려고 발버둥을 치지 않았던가. 고사목이 된 소나무를 기리면서 시인은 산 것도 같고 죽은 것도 같다고 하고 "죽음도 덤"이라는 깨달음에 이른다. 시인은 이제 본격적으로 인간 탐색과 인간 연구에 나선다.

악기처럼 사람에게도
몸의 소리가 있다
기쁘거나 노하거나 생각하거나
슬프거나 우울하거나 놀라거나 무섭거나
일곱 정이 내는 소리
몸의 무늬로 춤추며
사람 향 피운다.

—「칠정」 전반부

연애 시절
한 남자를 두고 줄다리기를 하고 있었다
지는 것이 싫어서
그 줄에 침을 발랐다
남자가 침의 힘에 이끌려 왔다
—「침」 가운데 연

앞의 시는 동양의학의 명저 『병인병기』에 나오는 인간의 일곱 가지 감정인 희 노 사 우 비 공 경(喜 怒 思 憂 悲 恐 驚)을 향기로 보는 역설적인 인생 철학을 보여주고 있고, 뒤의 시는 '침을 바른다'는 것의 의미를 진지하게 탐색하고 있다. 인간은 결국 인간세계의 질서와 법칙을 따르게 마련인 것이다. 시인의 연구 대상에는 스승 박재천 시인도 있다.

뜸 좀 떠다오
스승은 이불처럼 일어나 앉았다
나는 이불에 뜸을 떴다
지금 뜸 불 들어가요
이불 속 척추의 미세한 떨림

느끼셔요
불은 생명에
가 닿아요
일어나고 일어나는 힘

뜸 뜬 자국마다 장자시 꽃 핀다

그날 스승은
속마음 들어 보이셨다

이제 그만
죽음을 떠 다오

제가요?
—「장자뜸」 전문

박재천 시인의 마지막 길을 함께 했던 제자 정산청 시인은 마침내 등단의 꿈을 이룬다. 스승이 없는 자리에서 정산청 시인은 홀로서기를 하면서 다음과 같이 다짐한다.

삼십구 도의 몸시를 쓴다

몸시는 열이 안 내려도 좋다

구들장 같은

가슴 데우는 몸시를 쓰고 싶다

―「감기」 전문

이 시는 어찌 보면 출사표라고 할 수 있다. 첫술에 배부를 리 없다. 첫 시집이 안고 있는 허술함을 반드시 극복할 것이라 믿는다. 직접적인 사사를 받은 바는 없지만 박재삼의 시에 심취하였고 박재천 시인의 지도를 받은 마지막 제자로서 열과 성을 다하여 시를 쓰다 보면 이들 시인의 뒤를 잇는 후계자를 넘어서서 청출어람의 경지에 도달할 것이다. 그날이 될 때까지 계속해서 펄펄 끓는 삼십구 도의 몸시를 쓰겠다는 각오가 대단하다. 열이 안 내려도 좋다, 구들장 같은 몸시를 쓰겠다는 각오가 꺾이지 않고 계속 이어지기를 바라마지 않는다.

나무시인선 029
말하는 정원

1쇄 발행일 | 2025년 01월 16일

지은이 | 정산청
펴낸이 | 윤영수
펴낸곳 | 문학나무
편집 기획 | 03085 서울 종로구 동숭4나길 28-1 예일하우스 301호
이메일 | mhnmoo@hanmail.net

출판등록 | 제312-2011-000064호 1991. 1. 5.
영업 마케팅부 | 전화 | 02-302-1250, 팩스 | 02-302-1251

값 13,000원
잘못된 책은 바꾸어 드립니다
지은이와 협의로 인지는 생략합니다

ISBN 979-11-5629-181-7 03810